AF364000

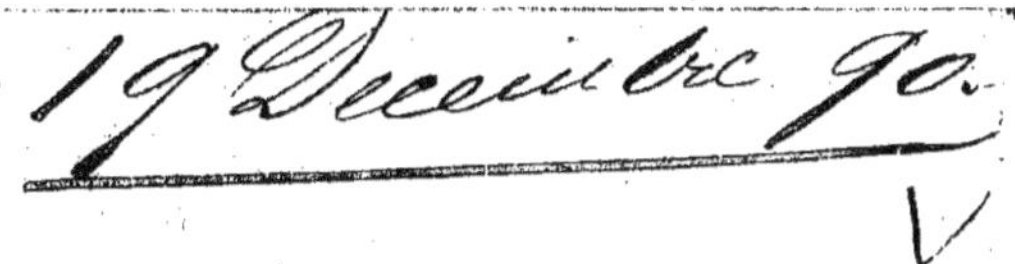

OBJETS DU JAPON

ÉMAUX CLOISONNÉS

de qualité exceptionnelle

LAQUES, IVOIRES

Céramique — Objets divers

EXPOSITION PUBLIQUE

LE JEUDI 18 DÉCEMBRE 1890

De 1 heure à 5 heures 1/2

COMMISSAIRE-PRISEUR	EXPERT
M° P. CHEVALLIER	**M. CH. MANNHEIM**
10, rue Grange-Batelière, 10	7, rue Saint-Georges, 7.

HOMO
NATVRA
IMPRIMERIE DEL ART

CATALOGUE

DES

OBJETS DU JAPON

ÉMAUX CLOISONNÉS

DE QUALITÉ EXCEPTIONNELLE

LAQUES — IVOIRES

Céramique — Objets divers

DONT LA VENTE AURA LIEU

HOTEL DROUOT, SALLE N° 4

Le Vendredi 19 Décembre 1890

à 2 heures

Me Paul CHEVALLIER	M. Charles MANNHEIM
COMMISSAIRE-PRISEUR	EXPERT
10, rue de la Grange-Batelière, 10	7, rue Saint-Georges, 7

EXPOSITION PUBLIQUE

Le Jeudi 18 Décembre 1890, de 1 heure à 5 heures 1/2

CONDITIONS DE LA VENTE

Elle sera faite au comptant.

Les acquéreurs payeront *cinq pour cent* en sus des adjudications, applicables aux frais de la vente.

L'exposition mettant le public à même de se rendre compte de l'état des objets, il ne sera admis aucune réclamation une fois l'adjudication prononcée.

Paris. — Imprimerie de l'Art, E. Ménard et Cⁱᵉ, 41, rue de la Victoire.

DÉSIGNATION DES OBJETS

ÉMAUX CLOISONNÉS

1 — Deux vases quadrilatéraux à col cylindrique court, légèrement évasé, en émail cloisonné du Japon; sur la panse, paysages et animaux sur fond bleu avec lambrequins sur l'épaulement et dragons sur le col.

2 — Deux vases de forme ovoïde aplatie, à col bas, en émail cloisonné du Japon; décor d'oiseaux et arbustes fleuris sur fond bleu.

3 — Deux vases cylindro-coniques, légèrement aplatis, à col à gorge, en émail cloisonné du Japon : personnages et paysage sur fond bleu.

4 — Deux vases balustres à panse ovoïde et col cylindrique légèrement évasé, en émail cloisonné du Japon; la panse est ornée sur fond noir de réserves contenant des dragons, chauves-souris et motifs symétriques sur fond aventuriné; le col et l'épaulement sont décorés de dragons et rinceaux sur fonds noir et lie de vin.

5 — Deux vases à panse ovoïde et col cylindrique légèrement évasé, en émail cloisonné du Japon; sur la panse, branches fleuries et oiseaux sur fond bleu; sur le col, dragons, quadrillages et rinceaux sur fond violacé.

6 — Deux potiches ovoïdes à large col cylindrique évasé, en émail cloisonné du Japon : branches fleuries et oiseaux sur fond bleu.

7 — Deux vases lancelles à corps ovoïde et col cylindrique évasé, en émail cloisonné du Japon : sur la panse : roseaux, branches fleuries et rochers sur fond bleu ; le col est orné de fleurs sur fonds alternés bleu et jaune d'ocre, avec décor à l'intérieur de rinceaux fleuris.

8 — Deux vases ovoïdes à six pans avec col à gorge, en émail cloisonné du Japon : branches fleuries et oiseaux sur fond bleu ; l'épaulement est orné d'un semis de papillons.

9 — Deux vases cylindro-coniques légèrement aplatis, à col à quatre pans, en émail cloisonné du Japon : montagnes, oiseaux et branches fleuries sur fond bleu ; dragons sur le col.

10 — Deux vases à panse ovoïde et col cylindrique légèrement évasé, en émail cloisonné du Japon ; sur la panse, branches fleuries et insectes sur fond rose clair ; sur le col, fong-hoangs, rosaces et quadrillages sur fond gris-bleu.

11 — Deux vases à panse ovoïde et col cylindrique légèrement évasé, en émail cloisonné du Japon ; sur la panse, branches fleuries sur fond noir ; sur le col, dragons sur fond turquoise.

12 — Deux vases cylindriques aplatis à col obconique, en émail cloisonné du Japon : dragons affrontés dans des compartiments réservés sur fond aventuriné.

13 — Deux petits vases à trois faces avec col à gorge en

émail cloisonné du Japon : branches fleuries et oiseaux sur fond grisâtre.

14 — Deux petits vases balustres à corps sphérique et col évasé, en émail cloisonné du Japon : dragons sur fond vert poudré de blanc ; sur le col, lambrequin orné d'oiseaux.

15 — Deux gourdes à double renflement, en émail cloisonné du Japon : fleurs et insectes sur fond jaune jaspé.

16 — Deux gourdes à double renflement, en émail cloisonné du Japon : personnages s'amusant à divers jeux sur fond poudré vert.

17 — Deux petits vases ovoïdes aplatis avec col à gorge, en émail cloisonné du Japon : oiseaux et branches fleuries sur fond gris.

18 — Deux petits vases ovoïdes à col bas, en émail cloisonné du Japon ; branches fleuries et papillons sur fond vert poudré de blanc et d'aventurine.

19 — Deux petits vases ovoïdes, en émail cloisonné du Japon : dragons, oiseaux et branches fleuries dans des compartiments à fond poudré gris, jaune clair et marron.

20 — Deux petits vases fuselés, en émail cloisonné du Japon : fleurs, oiseaux et rubans sur fond lie de vin.

21 — Petit vase fuselé, en émail cloisonné du Japon : fleurs et oiseaux sur fond noir.

22 — Deux petits vases fuselés, en émail cloisonné du Japon ; fleurs et oiseaux sur fond noir semé de points aventurinés.

23 — Coupe circulaire sur trois pieds bas, en émail cloi-

sonné du Japon ; au fond, dragons ; bordure intérieure et extérieure de lambrequins décorés d'animaux chimériques.

24 — Aiguière à panse ovoïde, col droit, couvercle, anse et goulot, en émail cloisonné du Japon ; sur le col, animaux chimériques, sur fond lie de vin ; sur la panse, lambrequins sur fond rose.

25 — Petite boîte en forme de cœur, en émail cloisonné du Japon : semis de fleurettes.

26 — Deux bonbonnières circulaires couvertes en émail cloisonné du Japon : oiseaux, dragons, rinceaux, sur fonds vert, noir, aventuriné et lie de vin alternés.

27 — Deux bonbonnières couvertes : l'une circulaire, l'autre elliptique, en émail cloisonné du Japon : oiseaux, fleurs et rinceaux sur fonds vert, lie de vin et rosé.

28 — Petit flacon à thé couvert, de forme sphérique, en émail cloisonné du Japon : zones de fleurs, insectes, rinceaux et lambrequins à dragons et oiseaux.

29 — Flacon à thé ovoïde couvert, en émail cloisonné du Japon ; lambrequins sur fond rosé avec fleurettes sur le couvercle.

30 — Quatre petits vases : deux fuselés, deux cylindriques, en émail cloisonné du Japon : oiseaux et rinceaux sur fonds vert et aventuriné.

31 — Cinq pièces : petite gourde et quatre petites bouteilles en émail cloisonné du Japon : rinceaux et dragons sur fond aventuriné.

32 — Quatre petites potiches ovoïdes, de dimensions diffé-

rentes, en émail cloisonné du Japon : dragons et chiens de Fô.

33 — Trois petits flacons à thé sphériques surbaissés, avec couvercle en émail cloisonné du Japon : fleurs et rinceaux sur fonds vert et aventuriné alternés.

34 — Quatre petits vases fuselés, en émail cloisonné du Japon : fleurs et rinceaux sur fonds vert et aventuriné alternés.

35 — Quatre petites potiches ovoïdes, en émail cloisonné du Japon : même décor que les vases précédents.

36 — Deux petits vases cylindro-coniques, en émail cloisonné du Japon : compartiments à fond vert contenant des oiseaux.

37 — Trois petits vases ovoïdes, en émail cloisonné du Japon : papillons sur fond vert et lambrequins sur fond jaune jaspé.

38 — Deux petites boîtes oblongues couvertes, en émail cloisonné du Japon : oiseaux, rinceaux et lambrequins.

39 — Deux tasses hémisphériques à anse et bec et leurs soucoupes, en émail cloisonné du Japon : fleurettes et lambrequins.

40 — Deux plateaux circulaires en émail cloisonné du Japon : réserve centrale contenant un dragon sur fond vert, bordée de rinceaux et oiseaux sur fond aventuriné.

41 — Deux plateaux circulaires en émail cloisonné du Japon : réserve centrale contenant des dragons sur fond aventuriné, bordée d'une zone de filets dorés rayonnant.

42 — Boîte oblongue couverte en émail cloisonné du Japon : zone et lambrequins à fleurs, oiseaux et insectes.

43 — Vase sphérique à col bas en forme de losange, en émail cloisonné du Japon : dragons et pendentifs sur fond aventuriné.

44 — Deux vases rouleaux en cuivre émaillé du Japon : oiseaux et roseaux sur fond gris.

45 — Deux vases ovoïdes en cuivre émaillé du Japon : oiseaux sur fond gris.

LAQUES

46 — Grand plateau rectangulaire en laque du Japon : personnages en léger relief laqués or et argent, sur fond de paysage laqué or et poudré ; chairs en incrustation d'ivoire.

47 — Plateau rectangulaire en laque du Japon : oiseaux et chrysanthèmes laqués or sur fond laqué or également.

48 — Trousse de médecin à cinq compartiments en laque du Japon : fleurs et roches laqués or et argent sur fond laqué or.

49 — Trousse de médecin à cinq compartiments en laque du Japon : paysages et inscriptions laqués or.

50 — Petite boîte ronde en laque du Japon : paysage laqué or sur fond noir.

51 — Petite boîte rectangulaire en laque du Japon : fleurs laquées or sur fond aventuriné.

52 — Petite boîte lobée en laque du Japon à deux compartiments : éventails laqués or sur fond aventuriné.

53 — Deux coupes circulaires sur piédouche et à oreilles, en laque du Japon : fleurs et quadrillages laqués or et argent sur fond aventuriné.

54 — Petit plateau à huit lobes en laque du Japon ; au centre, fleurs et oiseaux en nacre et burgau incrustés ; au marli, fleurs laquées or.

55 — Flacon à thé ovoïde couvert en laque du Japon : fleurs, oiseaux et insectes laqués or sur fond laqué or également.

56 — Deux petits vases quadrilatéraux sur piédouche en laque du Japon : fleurs et oiseaux laqués or sur fond or ; l'un d'eux présente une femme vue à mi-corps dont la tête en ivoire se détache sur un fond laqué or.

IVOIRES

57 — Statuette en ivoire sculpté : Pêcheur tenant une écrevisse qu'il vient de tirer de son filet. Travail japonais.

58 — Statuette en ivoire sculpté : Jeune Femme debout, un livre à la main. Travail japonais.

59 — Groupe en ivoire sculpté : Personnage debout, un singe sur le dos, un autre à ses pieds ; à côté de lui, un enfant sur un cheval de bois. Travail japonais.

60 — Squelettes en ivoire sculpté et ajouré, faisant des tours d'acrobates. Travail japonais.

61 — Groupe en ivoire sculpté : Jeune Femme debout, tenant un enfant ; un autre est à ses pieds. Travail japonais.

62 — Deux grands pitongs cylindriques en ivoire sculpté en bas-relief : nombreux personnages. Travail japonais.

63 — Groupe en ivoire sculpté : Guerrier debout, dont un enfant assis à ses pieds saisit la lance. Travail japonais.

64 — Statuette en ivoire sculpté : Guerrier debout, un instrument de musique à la main. Travail japonais.

65 — Statuette en ivoire sculpté : Jeune Femme debout, tenant d'une main une petite pagode, de l'autre une branche de fleurs de pêcher. Travail japonais.

66 — Statuette en ivoire sculpté : Jeune Femme assise devant une petite table et tenant un gobelet de la main gauche. Travail japonais.

67 — Petite boîte rectangulaire en ivoire simulant l'osier, avec canards et roseaux en incrustations de nacre et burgau.

FAIENCES

68 — Statuette de divinité debout, tenant de la main droite une branche de fleurs ; rehauts de dorure. Satzuma.

69 — Vase à panse sphérique surbaissée et col cylindrique très évasé : compartiments de paysages animés ; rehauts de dorure. Satzuma.

70 — Vase à panse ovoïde et sur piédouche : compartiments de fleurs ; rehauts de dorure. Satzuma.

71 — Deux vases à panse ovoïde et col évasé : objets mobiliers, ustensiles, oiseaux, paniers de fleurs ; rehauts de dorure. Satzuma.

72 — Vase cylindro-conique couvert avec nervures saillantes simulant le bambou : oiseaux et pendentifs de fleurs; rehauts de dorure. Satzuma.

73 — Vase à panse cylindrique et col légèrement évasé : Personnages dansant. Satzuma.

74 — Vase balustre à panse ovoïde et large col évasé : fleurs et éventails; rehauts de dorure. Satzuma.

75 — Vase ovoïde à large ouverture : compartiments de fleurs; rehauts de dorure. Satzuma.

76 — Vase ovoïde à col cylindrique bas : dragon et lambrequins en dorure. Satzuma. Couvercle en bronze.

77 — Vase ovoïde à large col cylindrique et deux petites anses : ki-lins et lambrequins. Satzuma.

78 — Brûle-parfums rectangulaire sur quatre pieds : haies fleuries; rehauts de dorure. Satzuma. Couvercle ajouré en métal.

79 — Deux petits vases ovoïdes couverts à anses : Personnages se livrant aux travaux de la campagne; rehauts de dorure. Satzuma.

80 — Vase campanulé à col cylindrique; les parois de la panse sont repercées de fenêtres trilobées; décor de fleurs et oiseaux. Satzuma.

81 — Deux vases cylindro-coniques à large ouverture : fleurs dans des carquois; rehauts de dorure. Satzuma.

82 — Jardinière de suspension sphérique : fleurs et écrans. Satzuma.

83 — Bouteille à panse cylindrique étroite et col droit : dentelle et lambrequins. Satzuma.

84 — Brûle-parfums en forme de fruit côtelé : décor à damier. Satzuma. Couvercle ajouré en métal.

85 — Pot cylindrique couvert à deux petites anses : feuilles et fleurs. Satzuma.

86 — Pitong hexagone : paysages. Satzuma.

87 — Brûle-parfums ovoïde sur trois pieds et à deux anses surélevées : paysage avec nombreux personnages. Satzuma.

88 — Brûle-parfums sphérique surbaissé avec couvercle et anses surélevées : fleurs et personnage sur le couvercle. Satzuma.

89 — Statuette de personnage dansant sur un gros sac. Satzuma.

90 — Gourde à double renflement : fleurs, oiseaux et rinceaux. Satzuma.

91 — Coq sur un tonnelet ; émaillé au naturel. Satzuma.

92 — Quatre théières couvertes, dont trois sphériques et une ovoïde à pans, décor à fleurs et à damier. Satzuma.

93 — Bol circulaire ; à l'intérieur, maisons et paysage animé. Satzuma.

94 — Bol circulaire ; à l'intérieur, insectes ; à l'extérieur, oiseaux. Satzuma.

95 — Bol circulaire à bords festonnés, décor de fleurs. Satzuma.

96 — Cinq pièces : deux flacons à thé, aiguière, bol et petite coupe sur trois pieds, à décor de zones en noir et de rinceaux, fleurs et oiseaux. Satzuma.

97 — Canard décoré au naturel. Satzuma.

98 — Six petits vases variés de forme : fleurs et rinceaux. Satzuma.

99 — Sept petits brûle-parfums variés de forme, à couvercles ajourés : fleurs et chiens de Fô. Satzuma.

100 — Treize petits vases et pitongs variés de forme : personnages, fleurs, oiseaux et paysages. Satzuma.

101 — Vase quadrilatéral, décor de chiens de Fô. Satzuma.

102 — Vingt-quatre pièces : onze petits bols et treize soucoupes ; fleurs, oiseaux et paysages animés. Satzuma.

103 — Neuf bols circulaires : fleurs et quadrillages. Satzuma.

104 — Trois petits pitongs cylindriques bas : fleurs. Satzuma.

105 — Deux petits vases balustres à quatre pans : rinceaux. Satzuma.

106 — Pitong cylindrique : inscriptions dorées sur fond simulant le bronze. Grès du Japon.

107 — Deux grands pitongs cylindro-coniques, l'un à dragons sur fond bleu, l'autre à pendentifs sur fond gris. Grès du Japon.

108 — Rocher et oiseaux émaillés au naturel. Grès de Bizen

109 — Vase quadrilatéral à col à gorge émaillé gris : caractères d'écriture en relief sous couverte. Poterie japonaise.

110 — Gourde à double renflement ; médaillons de chiens de Fô sur fond jaune. Poterie japonaise.

111 — Deux vases ovoïdes à col bas ; l'un à réserve de fleurs sur fond rouge, l'autre à fleurs et quadrillages sur fonds noir et blanc alternés. Poterie japonaise.

112 — Deux vases ovoïdes à fleurs et réserves à branches fleuries sur fond simulant le bronze. Satzuma.

113 — Corbeille ovoïde à anse ajourée à l'imitation de l'osier : fleurs sur fond noir. Satzuma.

114 — Petit groupe de deux enfants luttant. Satzuma.

115 — Bouteille à col cylindrique : oiseaux et rinceaux émaillés rouge et dorés. Poterie japonaise.

116 — Deux petites gourdes à double renflement, décor chevronné sur fond clathré. Poterie japonaise. Bouchons en bronze.

117 — Deux pièces : vase couvert et théière à anse : rinceaux et lambrequins sur fond jaune et bleu. Poterie japonaise.

118 — Deux pièces : petite boîte lenticulaire et petit vase en forme de fleur. Poterie japonaise.

119 — Deux oiseaux, grandeur nature, émaillés au naturel. Grès de Bizen.

PORCELAINES

120 — Potiche ovoïde à col cylindrique court, décor bleu, rouge et or, à chrysanthèmes et pivoines. Porcelaine du Japon.

121 — Bouteille à corps sphérique surbaissé et col droit à couverte simulant le bronze. Porcelaine du Japon.

122 — Pitong cylindrique couvert : personnages émaillés bleu. Porcelaine du Japon.

123 — Bol circulaire sur piédouche adhérent, formé de trois

dragons ; quadrillages et bâtons rompus émaillés bleu. Porcelaine du Japon.

124 — Vase ovoïde à ouverture étroite festonnée : haies fleuries et oiseaux émaillés bleu. Porcelaine du Japon.

125 — Bouteille à corps sphérique et col droit : chiens de Fô émaillés bleu et rouge violacé. Porcelaine du Japon.

126 — Petit vase ovoïde, décor de dragons émaillés bleu. Porcelaine du Japon. Monture en bronze.

127 — Cinq théières variées de forme, décor bleu et rouge. Porcelaine du Japon.

128 — Six pièces : plat, compotier et quatre assiettes, décor bleu et rouge à fleurs, paysages, rinceaux et dentelle. Porcelaine du Japon.

129 — Trois pièces : compotier à bords festonnés et deux bols à bords lobés, personnages et haies fleuries en bleu et en couleurs. Porcelaine du Japon.

130 — Deux grands bols circulaires de diamètres différents, décor bleu, rouge et or à fleurs et quadrillages. Porcelaine du Japon.

131 — Petit vase à corps ovoïde, émaillé jaune clair. Porcelaine du Japon.

132 — Douze pièces : très petits vases, pitong, jardinières rectangulaires et gourde à couvertes unies et à fleurs. Porcelaine du Japon.

133 — Huit petits plateaux à bords festonnés : rinceaux et quadrillages en couleurs. Porcelaine du Japon.

134 — Six soucoupes : paysages, fleurs et attributs en bleu, vert, rouge et dorure. Porcelaine du Japon.

135 — Cinq soucoupes : entrelacs émaillés bleu au marli. Porcelaine du Japon.

136 — Deux bols : paysages, inscriptions, oiseaux émaillés bleu. Porcelaine du Japon.

137 — Bol : paysage réservé en blanc sur fond rouge ; à l'intérieur, feuillages sur fond vert. Porcelaine de Kaga.

138 — Deux plateaux circulaires : rosaces, rinceaux et fleurs émaillés violet, vert et rouge. Porcelaine du Japon.

139 — Cinq soucoupes : branches fleuries, jetés de fleurs en couleurs et feuillages gravés sous couverte. Porcelaine du Japon.

140 — Plateau à bords lobés : rinceaux émaillés rouge sur fond vert clair. Porcelaine du Japon.

141 — Cinq petits bols côtelés : fleurs et insectes en couleurs et dorure sur fond vert clair. Porcelaine du Japon.

142 — Cinq petites soucoupes : branches fleuries. Porcelaine du Japon.

143 — Coupe circulaire couverte : jetés de fleurs en couleurs. Porcelaine du Japon.

144 — Trois petits bols de diamètres différents : fleurs, couronnes de feuillages et attributs. Porcelaine du Japon.

145 — Cinq gobelets cylindriques : feuilles, fleurs et quadrillages. Porcelaine du Japon.

146 — Coupe couverte : branches fleuries dans des réserves

triangulaires, encadrées de rubans quadrillés sur fond rouge; rehauts de dorure. Porcelaine du Japon.

147 — Cinq plateaux rectangulaires allongés ; sur l'un, branches de fleurs ; sur les autres, oiseaux et paysages sur fond vert clair. Porcelaine du Japon.

148 — Deux bols de diamètres différents : fleurs, feuilles et quadrillages. Porcelaine du Japon.

149 — Cinq petites jardinières carrées : dragons et inscriptions. Porcelaine du Japon.

150 — Six soucoupes à bords festonnés : jetés de branches fleuries. Porcelaine du Japon.

151 — Quatre bols ; à l'extérieur, réserves de fleurs sur fond quadrillé bleu. Porcelaine du Japon.

152 — Deux bols ; à l'extérieur, dragons. Porcelaine du Japon.

153 — Cinq bols obconiques : fleurs en couleurs et rinceaux émaillés bleu. Porcelaine du Japon.

154 — Cinq bols : réserves lobées d'oiseaux sur fond rouge rehaussé de rinceaux dorés. Porcelaine de Kaga.

155 — Dix bols et leurs soucoupes, décor en bleu, rouge et or, de quadrillages, rinceaux et écailles. Porcelaine du Japon.

156 — Quatre bols lobés : dragons et réserves à fond rouge, contenant des fleurs. Porcelaine de Kaga.

157 — Bol à bords festonnés : feuilles et fleurs sur fond rouge. Porcelaine du Japon.

158 — Pot cylindrique couvert : fleurs sur fonds blanc, rouge et clathré alternés. Porcelaine du Japon.

OBJETS VARIÉS

159 — Grande portière rectangulaire en satin rouge ; au milieu, inscriptions en grands caractères lamés de métal ; large bordure à nombreux personnages et guirlandes de fleurs et insectes, brodés en soies de couleurs. Travail japonais. — Haut., 5 m. 75 cent.; larg., 3 m. 72 cent.

160 — Guéridon circulaire et son trépied en bois noir sculpté à fleurs ; le dessus est orné de plaques en émail cloisonné à fleurs, oiseaux et paysages sur fond gris. Travail japonais.

161 — Paravent japonais à quatre feuilles et à deux faces ; l'une des faces est en soie noire brodée, à oiseaux et tissée de métal ; l'autre face est décorée de peintures sur étoffe : vases de fleurs.

162 — Deux coupelles, l'une en jade vert, l'autre en jade gris.

www.ingramcontent.com/pod-product-compliance
Lightning Source LLC
LaVergne TN
LVHW012125170726
843501LV00008BC/3032